にほんご

穩紮穩打日本語

初級4

目白JFL教育研究会

前言

　　課堂上的日語教學，主要可分為：一、以日語來教導外國人日語的「直接法（Direct Method）」；以及，二、使用英文等媒介語、又或者使用學習者的母語來教導日語的教學方式，部分老師將其稱之為「間接法」（※：此非教學法的正式名稱）。

　　綜觀目前台灣市面上的日語教材，絕大部分都是從日方取得版權後，直接在台重製發行的。這些教材的編寫初衷，是針對日本的語言學校採取「直接法」教學時使用，因此對於在台灣的學校或補習班所慣用的「使用媒介語（用中文教日語）」的教學模式來說，並非那麼地合適。且隨著時代的演變，許多十幾年前所編寫的教材，其內容以及用詞也早已不合時宜。

　　有鑑於網路教學日趨發達，本社與日檢暢銷系列『穩紮穩打！新日本語能力試驗』的編著群「目白JFL教育研究會」合力開發了這套適合以媒介語（中文）來教學，且通用於實體課程與線上課程的教材。編寫時，採用簡單、清楚明瞭的版面、句型模組式教學、再配合每一課的對話文以及練習題，無論是「實體一對一家教課程」還是「實體班級課程」，又或是「線上同步一對一、一對多課程」，或「線上非同步預錄課程（如上傳影音平台等）」，都非常容易使用（※註：上述透過網路教學時不需取得授權。唯使用本教材製作針對非特定多數、且含有營利行為之非同步課程時，需事先向敝社取得授權）。

　　此外，本教材還備有以中文編寫的教師手冊可供選購，無論是新手老師還是第一次使用本教材的老師，都可以輕鬆地上手。最後，也期待使用本書的學生，能夠在輕鬆、無壓力的課堂環境上，全方位快樂學習，穩紮穩打地打好日語基礎！

想閱文化編輯部

穩紮穩打日本語 初級 4

1. 教材構成

　　「穩紮穩打日本語」系列，分為「初級」、「進階」、「中級」三個等級。每個等級由 4 冊構成，每冊 6 課、每課 4 個句型。但不包含平假名、片假名等發音部分的指導。完成「初級 1」至「初級 4」課程，約莫等同於日本語能力試驗 N5 程度。另，初級篇備有一本教師手冊與解答合集。

2. 每課內容

・學習重點：提示本課將學習的 4 個句型。

・單字　　：除了列出本課將學習的單字及中譯以外，也標上了詞性以及高低重音。

　　　　　　此外，也會提出各課學習的慣用句。

　　　　　　「サ」則代表可作為「する」動詞的名詞。

・句型　　：每課學習「句型 1」～「句型 4」，除了列出說明外，亦會舉出例句。

　　　　　　每個句型還附有「練習 A」以及「練習 B」兩種練習。

　　　　　　練習 A、B 會視各個句型的需求，增加或刪減。

・本文　　：此為與本課學習的句型相關聯的對話或文章。

　　　　　　左頁為本文，右頁為翻譯，可方便對照。

・隨堂測驗：針對每課學習的練習題。分成「填空題」、「選擇題」與「翻譯題」。

　　　　　　「翻譯題」前三題為「日譯中」、後三題為「中譯日」。

・綜合練習：綜合本冊 6 課當中所習得的文法，做全方位的複習測驗。

　　　　　　「填空題」約 25 ～ 28 題；「選擇題」約 15 ～ 18 題。

3. 周邊教材

　　「目白 JFL 教育研究會」將會不定期製作周邊教材提供下載，請逕自前往查詢：

　　http://www.tin.twmail.net/

19

ご飯(はん)を 食(た)べて います。

1 〜て います（進行）

2 〜て います（結果維持）

3 〜て います（反覆習慣）

4 〜て、〜

売ります（動）	賣、販售	登録します（動）	登錄、註冊
知ります（動）	知道	保存します（動）	儲存（檔案）
被ります（動）	戴（帽子）	入力します（動）	輸入（文字）
踊ります（動）	跳舞	タッチします（動）	輕碰感應
切ります（動）	切（電源）	チャージします（動）	加值、儲值
履きます（動）	穿（鞋、襪）	ダウンロードします（動）	下載
着けます（動）	戴（飾品）		
掛けます（動）	戴（眼鏡）	おじいさん（名/2）	爺爺
調べます（動）	調查	おばあさん（名/2）	奶奶
降ります（動）	下（雨）	上司（名/1）	上司
止みます（動）	（風、雨）停	会員（名/0）	會員
吹きます（動）	（風）吹	電源（名/0）	電源
泣きます（動）	哭泣	餌（名/2）	飼料
決まります（動）	決定、定下來	風（名/0）	風
注文します（動）	點（餐）、訂（貨）	革靴（名/0）	皮鞋

指輪 <ruby>ゆび<rt></rt>わ<rt></rt></ruby>（名 /0）	戒指	
花柄 <ruby>はながら</ruby>（名 /0）	花圖樣的	
右側 <ruby>みぎがわ</ruby>（名 /0）	右邊	
心臓 <ruby>しんぞう</ruby>（名 /0）	心臟	
赤ちゃん <ruby>あか</ruby>（名 /1）	嬰兒	
暗証番号 <ruby>あんしょうばんごう</ruby>（名 /5）	密碼	
すぐ（副 /1）	立刻	
ATM <ruby>エーティーエム</ruby>（名 /5）	自動櫃員機	
サプリ（名 /1）	保健（營養）食品	
ドレス（名 /1）	洋裝、禮服	
ダイヤ（名 /0 或 1）	鑽石	
ネクタイ（名 /1）	領帶	
ファイル（名 /1）	檔案	
グラウンド（名 /0）	操場	
キャッシュカード（名 /4）	金融提款卡	

※真實社名：

アップル社 <ruby>しゃ</ruby>（名 /4）	蘋果公司
スターバックス（名 /4）	星巴克

～て います（進行）

　　「～て います」的前方接續上一冊最後一課所學習到的動詞て形，以「動詞＋ています」的型態來描述「此動作正在進行當中」。前方的動詞，必須是「可持續一段時間」的動作。其否定形為「～て いません」。

　　若是描述自然現象或者是眼前看到的情景，則主體使用「～が」。

例 句

・佐藤_{さとう}さんは、 今_{いま} トイレで タバコを 吸_すって います。
（佐藤先生現在正在廁所抽菸。）

・Ａ：今_{いま}、 雨_{あめ}が 降_ふって いますか。 （現在正在下雨嗎？）
　Ｂ：いいえ、 降_ふって いません。 （不，沒有在下。）

・あっ、 子供達_{こどもたち}が 歌_{うた}を 歌_{うた}いながら 踊_{おど}って います。 可愛_{かわい}いですね。
（啊，小孩們正在一邊唱歌一邊跳舞。好可愛喔。）

・Ａ：陳_{チン}さんは 部屋_{へや}で 何_{なに}を して いますか。 （小陳在房間幹嘛呢？）
　Ｂ：何_{なに}も して いません。 寝_ねて います。 （沒在幹嘛。在睡覺。）

・これから 昼_{ひる}ご飯_{はん}を 食_たべます。 （等一下要吃午餐。）
　今_{いま}、 昼_{ひる}ご飯_{はん}を 食_たべて います。 （現在正在吃午餐。）
　さっき 昼_{ひる}ご飯_{はん}を 食_たべました。 （剛剛吃完了午餐。）

・Ａ：もう 昼_{ひる}ご飯_{はん}を 食_たべましたか。 （已經吃過午餐了嗎？）
　Ｂ：いいえ、 まだ 食_たべて いません。 （沒有，還沒吃。）

1. 小林さんは、　今　資料を　コピーして　います。
　　　　　　　　　　　お客さんと　話して
　　　　　　　　　　　会議室で　休んで

2. 雨　　が　降って　　　　います。
　　風　　　吹いて
　　赤ちゃん　泣いて
　　犬　　　餌を　食べて
　　子供　　　公園で　遊んで

1.　例：中村さん（資料を　調べます）
　　→　A：中村さんは　何を　して　いますか。
　　　　B：資料を　調べて　います。
　① 陳さん（寝ます）
　② 林さん（テレビを　見ます）
　③ ジャックさん（日本語を　勉強します）
　④ ルイさん（インスタの　写真を　撮ります）

2.　例：宿題を　しましたか　→　A：宿題は　もう　しましたか。
　　　　　　　　　　　　　　　　　　B：いいえ、　まだ　して　いません。
　① 晩ご飯を　買いましたか　　② その　映画を　見ましたか
　③ 朴先輩が　来ましたか　　　④ 雨が　止みましたか

句型二

～て　います（結果維持）

　　「～て　います」的前方若為「立ちます、座ります、起きます、行きます、来ます、着ます、結婚します、持ちます、住みます ...」等，詞義上並非持續一段時間的動詞，且動作本身具有意志性，則解釋為「動作後的結果維持」。

　　此外，以「知って　いますか」詢問時，回答必須使用「知りません」。

例句

・鈴木さんは　あそこに　立って　います。（鈴木先生在那裡站著。）

・A：朝ですよ。　起きて　ください。（已經天亮了喔。請起床。）
　B：もう、　起きて　います。（我已經醒了／我醒著的。）

・友達が　うちに　来て　います。（朋友來了我家<現在還在我家>。）

・あの　女の子は　赤い　ドレスを　着て　います。（那女孩子穿著紅色的洋裝。）
・あの　男の子は　服を　着て　いません。（那個男孩沒有穿衣服。）

・彼は、　来年　結婚します。（他明年將會結婚。）
　彼は、　今月の　6日に　結婚しました。（他這個月的 6 號結了婚。）
　彼は、　今　結婚して　います。（他已婚<現在還維持著婚姻狀態>。）

・A：彼女の　名前を　知って　いますか。（你知道她的名子嗎？）
　B：はい、　知って　います。（我知道。）
　　　いいえ、　知りません。（我不知道。）

1. 鈴木さんは｜お金を　持って｜います。
　　　　　　　東京に　住んで
　　　　　　　その　ことを　知って
　　　　　　　結婚して

2. 彼女は、　今｜アメリカ に｜行って｜います。
　　　　　　　うち｜来て
　　　　　　　実家｜帰って

1.　例：ルイさん（赤い　帽子・被ります）
　　　→　ルイさんは　赤い　帽子を　被って　います。
　　①　陳さん（黒い　革靴・履きます）
　　②　林さん（ダイヤの　指輪・着けます）
　　③　王さん（丸い　眼鏡・掛けます）
　　④　中村さん（花柄の　シャツ・着ます）
　　⑤　田村さん（青い　ネクタイ・します）

2.　例：小林さん・結婚します（いいえ）
　　　→　A：小林さんは　結婚して　いますか。
　　　　　B：いいえ、　結婚して　いません。
　　①　伊藤部長・車を　持ちます（はい）
　　②　陳さん・起きます（いいえ、まだ）
　　③　山田さん・来ます（はい、もう）
　　④　あなた・私の　電話番号を　知ります（いいえ）

13

～て　います（反覆習慣）

　　「～て　います」依語境亦可解釋為「長期反覆性的習慣或行為」。此時，無論動詞是否為「可持續一段時間的動作」，皆可作此解釋。經常使用於講述「職業」或「固定的生活習慣」。

例句

・田中先生は、　日本語学校で　外国人に　日本語を　教えて　います。
（田中老師在日本語學校教外國人日語。）

・おじいさんは、　毎日　公園を　散歩して　います。（爺爺每天都在公園散步。）

・おばあさんは、　心臓の　薬を　飲んで　います。（奶奶有在吃心臟的藥。）

・毎年、　家族と　海外へ　旅行に　行って　います。
（我每年都會和家人去國外旅行。）

・私の　会社では、　アップル社の　パソコンを　使って　います。
（我們公司使用蘋果公司的電腦。）

・高橋先生は、　毎日　6時に　起きて　います。（高橋老師每天六點起床。）

1. 彼は　大学で

| 働いて |
| 経済を　勉強して |
| 歴史を　研究して |
| 中国語を　学んで |

い+ ます。

1. 例：いつも　どこで　野菜を　買って　いますか。（スーパー）

　　→　スーパーで　買って　います。

① 毎朝　何を　飲んで　いますか。（サプリ）

② あれは　どこで　売って　いますか。（デパート）

③ 誰に　日本語を　習って　いますか。（田中先生）

④ 今、　どの　大学に　通って　いますか。（イロハ大学）

⑤ あの　会社は　何を　作って　いますか。（スマホ）

～て、～

　　「動詞て形」，除了用來接續各種表現文型以外，亦可用來串連兩個以上的句子。例如「朝　起きます」＋「新聞を　読みます」，就可以使用「Ａ句て、Ｂ句」的方式來將兩個以上的句子合併，羅列出所做的事情。

例 句

・朝　起きて、　新聞を　読みます。（早上起床，然後讀報紙。）

・家へ　帰って、　部屋で　寝ました。（回家，然後在房間睡覺。）

・キャッシュカードを　ATM に　入れて、　暗証番号を　入力して　ください。
（請把提款卡放進自動櫃員機，然後輸入密碼。）

・明日は、　新宿へ　行って　買い物を　して、　映画を　見ます。
（明天去新宿，買東西，看電影。）

・Ａ：代官山へは　どうやって　行きますか。（代官山要怎麼去？）
　Ｂ：新宿駅から、　山手線に　乗って　渋谷駅で　東横線に　乗り換えて、
　　　それから、　代官山駅で　降ります。
（從新宿車站搭山手線，在澀谷站轉乘東橫線，然後在代官山車站下車。）

・授業が　終わって、　みんな　帰りました。（下課了，大家回家了。）

1. スターバックスに　入って、　コーヒーを　注文しました。
   コーヒーを　飲んで　新聞を　読みました。
   店を　出て　会社へ　行きました。

1. 例：彼女に　会います・大事な　話を　しました
   → 彼女に　会って、　大事な　話を　しました。
   ① 病院へ　行きます・薬を　もらいました
   ② Suica に　チャージします・改札口で　タッチします
   ③ 昼は　30分　寝ます・午後　3時まで　勉強します

2. 例：受付で　資料を　もらいます・右側の　会場に　入ります
   → 受付で　資料を　もらって、　右側の　会場に　入って　ください。
   ① レポートを　書きます・上司に　出します
   ② アプリを　ダウンロードします・会員登録します
   ③ ファイルを　保存します・パソコンの　電源を　切ります

山田：林さん、　ケーキ（を）　ありがとう　ございます。

　　　美味しかったです。　あれは、　どこで　買いましたか。

林　：目白駅の　近くの　ケーキ屋です。

　　　私は　いつも　そこで　ケーキを　買って　います。

山田：その　ケーキ屋は　どうやって　行きますか。

林　：学校の　近くの　駅から、　山手線に　乗って

　　　目白駅で　降ります。

　　　改札口を　出て、　すぐ　左へ　曲がって　ください。

　　　その　ケーキ屋は、　曲がって　すぐの　ところに

　　　あります。

山田：ありがとう　ございます。　明日　行きます。

林　：店内で　お茶を　飲みながら　食べる　ことも

　　　できますよ。

　　　でも、　席は　予約しなければ　なりませんから、

　　　行く　前に　予約して　ください。

山田：林小姐，謝謝你的蛋糕。很好吃。那個在哪裡買的呢？

林　：是在目白車站附近的蛋糕店。我總是在那裡買蛋糕。

山田：那間蛋糕店怎麼去呢？

林　：從學校附近的車站搭山手線，在目白車站下車。

　　　出檢票口後，請立刻左轉。

　　　那間蛋糕店就在轉彎後的地方。

山田：謝謝。我明天去。

林　：也可以在店內一邊喝茶一邊吃喔。但是座位必須要預約，所以去之前，

　　　先預約喔。

隨堂測驗

填空題 ・・

1. あっ、 鳥（　　　） 空を 飛んで いますよ。

2. 鳥（　　　） 空を 飛びます。 魚（　　　） 海を 泳ぎます。

3. A：子供たちは どこですか。 B：子供たち（　　） 公園で 遊んで います。

4. あっ、 子供たち（　　） 公園で 遊んで いますね。 賑やかですね。

5. A：陳さん、 来ましたか。 B：陳さん（　） もう 来て いますよ。

6. お客さん（　　　） 来て いますよ。

7. A：その ことを 知って いますか。 B：いいえ、（　　　　　　）。

8. A：昼ご飯は もう 食べましたか。 B：いいえ、 まだ（　　　　　　　）。

選擇題 ・・

1. A：昨日、 宿題を しましたか。 B：いいえ、（　）。
   1 しません　　　　　　　　　 2 まだ して いません
   3 しませんでした　　　　　　 4 まだ しませんでした

2. A：もう 宿題を しましたか。 B：いいえ、（　）。 これから します。
   1 しません　　　　　　　　　 2 まだ して いません
   3 しませんでした　　　　　　 4 まだ しませんでした

3. これから 買い物に（　）。
   1 行きます　　　　　　　　　 2 行きました
   3 行って います　　　　　　 4 行って いません

4. A：林さんは　どこですか。　　B：買い物に　（　　）よ。

   1　行さます　　　　　　　　　　2　行きません

   3　行って　います　　　　　　　4　行って　いません

5. 陳さんは　黒い　ネクタイを　（　）　います。

   1　して　　　　　2　着て　　　　　3　掛けて　　　　　4　被って

6. 昨日の　晩、　宿題を　（　）　寝ました。

   1　しながら　　　　2　するから　　　　3　して　　　　　4　するが

翻譯題 . . . .

1. 朝　起きて、　犬の　散歩を　して、　それから　出掛けます。

2. タブレットは　どこで　売って　いますか。

3. 下落合駅から　西武新宿線に　乗って、　高田馬場駅で　東西線に
　乗り換えます。

4. 小陳住在目白。

5. 林小姐在日本語學校學日文。

6. 沖個澡，看個 YouTube 影片，然後就睡了。

20

新しい デパートへ
行って みたいです。
<ruby>新<rt>あたら</rt></ruby>しい
<ruby>行<rt>い</rt></ruby>って

1 ～てから、～

2 ～て みます

3 ～て きます

4 ～て いきます

磨きます（動）（みが）	刷（牙）	かっこいい（イ /4）	帥
試します（動）（ため）	嘗試	快適（ナ /0）（かいてき）	舒適
触ります（動）（さわ）	觸摸	無理（ナ /1）（む　り）	勉強、無理
押します（動）（お）	按（按鈕）	庭（名 /0）（にわ）	庭院
入れます（動）（い）	把 ... 放入	お客様（名 /4）（きゃくさま）	客人
要ります（動）（い）	需要	途中（名 /0）（と　ちゅう）	半路、路上
寄ります（動）（よ）	繞去、順道去	値段（名 /0）（ね　だん）	價格
穿きます（動）（は）	穿（褲子）	場所（名 /0）（ば　しょ）	場所
飼います（動）（か）	飼養（寵物）	会場（名 /0）（かいじょう）	會場
足ります（動）（た）	足夠	宇宙（名 /1）（う　ちゅう）	宇宙
迎えます（動）（むか）	迎接	情報（名 /0）（じょうほう）	情報
下ろします（動）（お）	提（款）	入社式（名 /3）（にゅうしゃしき）	進公司典禮
喧嘩します（動）（けん　か）	吵架	冷凍庫（名 /3）（れいとう　こ）	冷凍庫
背負います（動）（せ　お）	背（背包）	永住権（名 /3）（えいじゅうけん）	永久居留權
（風邪を）引きます（動）（かぜ）（ひ）	感冒	自動販売機（名 /6）（じ　どうはんばい　き）	自動販賣機

スマホ決済（名 /4） けっさい	行動支付
プロポーズ（サ /3）	求婚
ポップコーン（名 /4）	爆米花
ファーストクラス （名 /5）	頭等艙
スーツ（名 /1）	西裝
長ズボン（名 /3） なが	長褲
リュック（名 /1）	帆布背包
ベッド（名 /1）	床
ボタン（名 /0）	按鈕
虫（名 /0） むし	蟲
日差し（名 /0） ひ ざ	陽光照射
って（助）	叫做 ...、所謂的 ...

句型一

〜てから、〜

　　「〜てから」的前方亦是接續動詞て形，以「Aてから、B」的型態來描述「先做A這個動作，再做B這個動作」或是「A發生之後，再做B」。

例句

・明日、　市役所へ　行ってから　買い物に　行きます。
　（明天先去市公所，再去買東西。）

・A：もう　遅いですから　寝ましょう。　（已經很晚了，我們去睡覺吧。）
　B：歯を　磨いてから　寝ます。　（我先刷牙，再去睡。）

・ここに　名前を　書いてから　会場に　入って　ください。
　（請先在這裡寫名字，再進場。）

・昨日、　家へ　帰ってから　晩ご飯を　食べました。　（昨天先回家，才吃晚餐。）

・仕事が　終わってから　食事に　行きませんか。　（工作結束後，要不要去吃飯啊？）

・アイスクリームは、　朴先輩が　来てから　冷凍庫から　出しましょう。
　（冰淇淋等到朴學長來了之後，再從冰箱的冷凍庫拿出來吧。）

1. ご飯を　食べて から　　お風呂に　入ります。
　　家を　買って　　　　　　結婚します。
　　写真を　撮って　　　　　料理を　食べます。

2. 子供が　寝て　　から　　仕事します。
　　佐藤さんが　来て　　　　料理を　注文します。
　　値段が　下がって　　　　買います。

1. 例：結婚します・留学しました
　　→　A：結婚する　前に　留学しましたか。
　　　　B：いいえ、　結婚してから　留学しました。
　　① 日本に　行きます・留学ビザを　取りました
　　② 家に　帰ります・晩ご飯を　食べます
　　③ お金を　入れます・自動販売機の　ボタンを　押します

2. 例：ビールを　飲みますか。（仕事が　終わります）
　　→　ビールは　仕事が　終わってから　飲みます。
　　① 家を　買いますか。（永住権を　取ります）
　　② あの　映画を　見ますか。（DVDが　出ます）
　　③ 彼女に　プロポーズを　しますか。（次の　仕事が　決まります）

～て　みます

　　「～て　みます」用於表達「嘗試做某事」。經常與上一冊學習的「～たいです」、「～ても　いいですか」以及「～て　ください」接在一起使用。併用時，依照「みます」的部分做活用（變化）即可。

例句

・靴を　買う　前に、　履いて　みます。（買鞋子之前，試穿看看。）

・死ぬまでに　宇宙へ　行って　~~みます~~。

　　　　　　　　　　　　みたいです。（在死之前我想要去宇宙看看。）

・この　服、　着て　~~みます~~。

　　　　　　　　みても　いいですか。（我可以試穿這個衣服看看嗎？）

・わあ、　素敵な　車ですね。　乗って　みても　いいですか。
（哇，好棒的車子啊。我可以試乘看看嗎？）

・買う　前に、　試して　~~みます~~。

　　　　　　　　みて　ください。（買之前，請試用看看。）

・これは　私の　国の　料理です。　どうぞ、　食べて　みて　ください。
（這是我家鄉的料理。請吃吃看。）

1. 新しい　シャツを　着て　　　　　みました。　　かっこよかったです。
   ネットの　人工知能を　使って　　　　　　　　　便利でした。
   ファーストクラスに　乗って　　　　　　　　　　快適でした。

2. 1人で　旅行して　　　　　　　みたいです。
   海外で　暮らして
   遊園地へ　行って

1. 例：これ・食べます（OK）

   →　A：これを　食べて　みても　いいですか。

   　　B：ええ、どうぞ。

   例：この　布・触ります（NG）

   →　A：この　布を　触って　みても　いいですか。

   　　B：すみません、ちょっと。

   ① この　箱・開けます（OK）

   ② あなたの　スマホ・使います（NG）

   ③ この　靴・履きます（OK）

2. 例：パソコン・使います

   →　パソコンは、　買う　前に　使って　みて　ください。

   ① スーツ・着ます

   ② ソファ・座ります

   ③ ベッド・寝ます

句型三

～て　きます

　　「～て　きます」前方若為「飛びます、走ります、入ります…」等含有「移動」語意的動詞時，則意思是「以說話者為基準點，往說話者的方向來」。
　　若前方動詞為「食べます、買います…」等沒有方向性、移動性的動作動詞時，則表「動作的先後順序」。意思是「做了再來」。

例句

・毎朝、　うちの　庭に　たくさんの　鳥が　飛んで　きます。
　　（每天早上，我家的庭院都有許多小鳥飛過來。）

・もう　入って　きても　いいですよ。（你可以進來了喔。）

・ジュースを　買って　きますから、　ここで　待って　いて　ください。
　　（我去買果汁來，請在這裡等，別亂跑。）

・こちらの　ゴミは　捨てて　きて　ください。
　　（你去把這些垃圾拿去丟。）

1. 子供（こども）が　走って（はしって）きました。
   田村さん（たむら）　歩いて（あるいて）
   お客様（きゃくさま）　入って（はいって）

2. 鍵を（かぎ）取って（と）　　　　きますから、　ここで　待って（ま）いて　ください。
   お金を（かね）下ろして（お）
   地図を（ちず）借りて（か）
   車を（くるま）止めて（と）
   Suica（スイカ）を　チャージして

1. 例（れい）：鍵を（かぎ）忘れました（わす）・部屋に（へや）戻って（もど）取ります（と）
   → 鍵を（かぎ）忘れました（わす）から、　部屋に（へや）戻って（もど）取って（と）きます。
   ① 用事が（ようじ）あります・出掛けます（でか）
   ② 現金が（げんきん）足りません（た）・お金を（かね）下ろします（お）
   ③ 友達が（ともだち）台湾に（たいわん）来ました（き）・空港へ（くうこう）迎えに（むか）行きます（い）

2. 例（れい）：大事な（だいじ）テストです・勉強します（べんきょう）
   → 大事な（だいじ）テストですから、　勉強して（べんきょう）きて　ください。
   ① 今夜（こんや）、　家で（いえ）映画を（えいが）見ます（み）・ポップコーンを　買います（か）
   ② 会場では（かいじょう）お弁当を（べんとう）売って（う）いません・家で（いえ）ご飯を（はん）食べます（た）
   ③ パスポートを　見せなければ（み）なりません・持ちます（も）

～て　いきます

　　「～て　いきます」前方若為「飛びます、走ります、出ます…」等含有「移動」語意的動詞時，則意思是「以說話者為基準點，遠離說話者而去」。

　　若前方動詞為「食べます、買います…」等沒有方向性、移動性的動作動詞時，則表「動作的先後順序」。意思是「做了再去」。

例句

・鳥は　南の　方へ　飛んで　いきました。（小鳥往南方飛去了。）

・母は　父と　喧嘩して、　家を　出て　いきました。
　（媽媽跟爸爸吵架，離家出走了。）

・コーヒーを　買って　いきます。（我買杯咖啡去。）

・晩ご飯は　要りません。　途中で　コンビニで　食べて　いきます。
　（我不需要晚餐／不跟你們一起吃晚餐。去的途中我在便利商店吃一吃再去。）

1. 子供 は 公園へ 走って いきました。
   田村さん 駅へ 歩いて
   お客様 外へ 出て

2. 彼女の 誕生日です から、 花を 買って いきます。
   場所が わかりません 地図を 持って
   いい 天気です 犬を 散歩に 連れて

1. 例：明日は 入社式です・スーツを 着ます
   → 明日は 入社式ですから、 スーツを 着て いきます。
   ① 大事な お客様に 会います・ネクタイを します
   ② 日差しが 強いです・帽子を 被ります
   ③ 山道を 歩きます・登山靴を 履きます
   ④ 山の 中には 虫が います・長ズボンを 穿きます
   ⑤ 物が 多いです・リュックを 背負います

小林：これから、 新宿の 新しい デパートへ 行って
みたいですが、 一緒に 行きませんか。

加藤：いいですね。 でも お金が 足りませんから、
先に 銀行へ 寄ってから 行きましょう。

小林：スマホ決済って 知って いますか。
今は、 どの 店でも スマホの アプリで 支払う
ことが できますよ。
とても 便利ですから、 ダウンロードして 使って
みて ください。

加藤：使って みたいですが、 スマホを 持って
いませんから、 スマホ決済は 無理ですね。
駅前の 銀行で お金を 下ろして きますから、
あそこの 本屋で 待って いて ください。

小林：等一下我想去新宿新開的百貨公司看看，你要一起去嗎？

加藤：好啊。但因為我錢不夠，所以先去繞去銀行再去吧。

小林：你知道行動支付（APP 支付）嗎？

　　　現在每一間店都可以用智慧型手機的 APP 應用程式付款喔。

　　　很方便，你下載來用看看。

加藤：我想用用看，但是因為我沒有智慧型手機，所以沒辦法使用行動支付。

　　　我去車站前的銀行提款，你到那間書店等著我。

填空題

1. お父さん（　　　）帰って きてから、晩ご飯を 食べましょう。

2. 国へ 帰るまで（　　　）、富士山に 登って みたいです。

3. あっ、鳥（　　　）飛んで きました。

4. A：陳さん（　　）どこですか。 B：陳さん（　　）帰って いきましたよ。

5. もう 入って（　　　）ても いいですよ。

6. うるさい！ 出て（　　　　）て ください。

7. これ、美味しいですよ。食べて（　　　）て ください。

8. すぐ 戻って きますから、ここで 待って（　　　）て ください。

選擇題

1. ご飯を（　）スーパーへ 行きます。
　　1 食べながら　　2 食べてから　　3 食べて 前に　　4 食べたが

2. 昨日、風邪を（　）、会社を 休みました。
　　1 引いてから　　　　　　　　　2 引いた 前に
　　3 引いて　　　　　　　　　　　4 引く 前に

3. この 単語の 意味が わかりませんから、辞書で（　）みます。
　　1 調べる　　　　2 調べて　　　　3 調べ　　　　4 調べって

4. 誰か 来ましたね。 ちょっと （ ）。
   1 見て いきます　　　　　　　　2 見て きます
   3 来て みます　　　　　　　　　4 行って みます

5. 毎日、 家から 会社まで （ ）。
   1 行って あるきます　　　　　　2 歩きに いきます
   3 歩いて いきます　　　　　　　4 歩いて みます

6. 新しい シャツを 買って （ ）ました。 着て （ ）て ください。
   1 み／い　　　2 き／み　　　3 い／き　　　4 いき／み

翻譯題

1. ケーキは みんなが 来てから 食べましょう。

2. 家を 買う 前に、 いろんな 情報を 調べて みます。

3. 猫を 飼っては いけません。 捨てて きて ください。

4. 我去買個果汁就回來，請在這裡稍等一下。

5. 正在下雨。你拿我的雨傘去。

6. 我想去杜拜看看。

21

着物を 着た ことが ありますか。
(きもの) (き)

なります（動）	成為（大人）	しゅっちょうさき 出張先（名 /0）	出差地
かかります（動）	罹患（疾病）	いざかや 居酒屋（名 /0）	居酒屋、小酒館
つぶや 呟きます（動）	滴咕、發推文	せんたくもの 洗濯物（名 /0）	待洗的衣物
せんたく 洗濯します（動）	洗（衣服）	きもの 着物（名 /0）	和服
かくにん 確認します（動）	確認	にゅうかん 入管（名 /0）	入國管理局的縮寫
にゅういん 入院します（動）	住院	エスエヌエス SNS（名 /5）	社群網路
ちこく 遅刻します（動）	遲到	ドリアン（名 /1）	榴槤
レンタルします（動）	租借	びょうき 病気（名 /0）	生病、疾病
はげ 激しい（イ /3）	激烈	けが 怪我（サ /2）	受傷
つごう 都合（名 /0）	方不方便、 湊不湊巧	じこ 事故（名 /1）	事故
どうりょう 同僚（名 /0）	同事		
おとな 大人（名 /0）	大人、成人		
しゅしょう 首相（名 /0）	首相		
だいとうりょう 大統領（名 /3）	總統		

※真實地名

浅草（名 /0）　あさくさ　　　　　淺草

如何更改為動詞た形

　　本句型學習如何將動詞「〜ます形」改為動詞た形。「動詞た形」即是常體日文中的「過去肯定」。

Ⅰ、若動詞為**一類**動詞，則將ます去掉。語幹最後一個音依照下列規則「音便」後，再加上「た」即可。

① 促音便：	② 撥音便：	③ イ音便：
笑います →笑っ＋た ＝笑った	死にます →死ん＋だ ＝死んだ	書きます →書い＋た ＝書いた
待ちます →待っ＋た ＝待った	遊びます →遊ん＋だ ＝遊んだ	急ぎます →急い＋た ＝急いた
降ります →降っ＋た ＝降った	飲みます →飲ん＋だ ＝飲んだ	

④ 不需音便：消します →消し＋た ＝消した	⑤ 例外：行きます →行っ＋た ＝行った

Ⅱ、若動詞為**二類**動詞，則僅需將動詞ます形的語尾〜ます去掉，再替換為〜た。

　　　寝ます（　　　neます）　→寝ます＋た
　　　食べます（tabeます）　→食べます＋た
　　　起きます（　okiます）　→起きます＋た

Ⅲ、若動詞為**三類**動詞，由於僅兩字，因此只需死背替換。

　　　来ます　　　→　来た
　　　します　　　→　した
　　　運動します　→　運動した

請依照上一冊第 16 課「句型 1」所做的分類，將其改為動詞た型

例： 来ます（来た） 行きます（行った） あげます（あげた）

01. 渡ります	（　　）	歩きます	（　　）	下ります	（　　）
02. コピーします	（　　）	結婚します	（　　）	入ります	（　　）
03. 乗ります	（　　）	予約します	（　　）	疲れます	（　　）
04. 飲みます	（　　）	見ます	（　　）	話します	（　　）
05. もらいます	（　　）	読みます	（　　）	書きます	（　　）
06. 遊びます	（　　）	支払います	（　　）	留学します	（　　）
07. 勉強します	（　　）	寝ます	（　　）	できます	（　　）
08. 別れます	（　　）	働きます	（　　）	休みます	（　　）
09. 起きます	（　　）	始まります	（　　）	運転します	（　　）
10. 終わります	（　　）	帰ります	（　　）	食べます	（　　）
11. 貸します	（　　）	借ります	（　　）	喫煙します	（　　）
12. 教えます	（　　）	聞きます	（　　）	旅行します	（　　）
13. 買います	（　　）	習います	（　　）	飛びます	（　　）
14. 登ります	（　　）	座ります	（　　）	着きます	（　　）
15. 泳ぎます	（　　）	出ます	（　　）	降ります	（　　）
16. 会います	（　　）	あります	（　　）	撮ります	（　　）
17. います	（　　）	吸います	（　　）	わかります	（　　）
18. やります	（　　）	浴びます	（　　）	頑張ります	（　　）
19. デートします	（　　）	歌います	（　　）	調べます	（　　）
20. 答えます	（　　）	掃除します	（　　）	通います	（　　）

句型二

～た 後_{あと}で、～

　　「句型 1」當中所學習到的「動詞た形」，除了用於表達常體的「過去肯定」之外，日文中有許多句型，其前方必須接續「動詞た形」。本項文法「～後_{あと}で」（做…之後，再做…），前方就必須使用動詞た形。

　　「～後_{あと}で」前方除了動詞以外，亦可接續名詞，使用「～の後_{あと}で」的形式。

　　第 20 課「句型 1」的「A てから、B」，語感上聚焦於前項的動作（A），口氣上有「先做了 A 再做 B」的語感。而句型「A 後_{あと}で、B」則是客觀敘述「做 A 之後，做 B」的順序。因此若說話者想要強調「先做 A 之後才做 B」，則不會使用「～後_{あと}で」。

例 句

・お風呂_{ふ ろ}に　入_{はい}った　後_{あと}で、　ご飯_{はん}を　食_たべます。（洗澡後，吃飯。）

・歯_はを　磨_{みが}いた　後_{あと}で、　寝_ねます。（刷牙後，睡覺。）

・A：遅_{おそ}いですから、　もう　寝_ねましょう。（已經很晚了，我們去睡覺吧。）

　B：（○）歯_はを　磨_{みが}いてから、　寝_ねます。（我先刷牙，再去睡。）

　　（X）歯_はを　磨_{みが}いた　後_{あと}で、　寝_ねます。

・父_{ちち}が　出掛_{で か}けた　後_{あと}で、　テレビを　見_みます。（爸爸出門後，我看電視。）

・風邪_{かぜ}を　引_ひきますから、　お風呂_{ふ ろ}に　入_{はい}った　後_{あと}で、

エアコンを　つけないで　ください。（因為會感冒，所以洗澡後請不要開空調。）

1. ご飯を　食べた　　　　後で、　　歯を　磨きます。
   仕事が　終わった　　　　　　　　食事に　行きましょう。
   彼女が　来た　　　　　　　　　　一緒に　買い物に　行きました。
   食事の　　　　　　　　　　　　　コーヒーを　飲みませんか。

1. 例：運動しました・シャワーを　浴びたいです
   →　運動した　後で、　シャワーを　浴びたいです。
   ① ご飯を　食べました・激しい　運動は　しないで　ください
   ② 宿題が　終わりました・テレビを　見ても　いいですか
   ③ 会議・レポートを　書かなければ　なりません
   ④ 仕事・同僚と　お酒を　飲みながら　話を　しました

2. 例：いつ　散歩に　行きますか。（晩ご飯を　食べました）
   →　晩ご飯を　食べた　後で、　行きます。
   ① いつ　宿題を　しますか。（テレビを　見ました）
   ② いつ　出掛けますか。（母が　帰って　きました）
   ③ 家に　帰る　前に、　晩ご飯を　食べますか。
   　　（いいえ、　家に　帰りました）
   ④ 会社を　出る　前に、　奥さんに　電話を　しますか。
   　　（いいえ、　居酒屋に　着きました）

～たり、　～たり　します

　　「Aたり、　Bたり　します」用於「列舉兩個以上的動作」。這些動作並非先後發生，僅是說話者舉出有做過這些動作。口氣中暗示不僅做了A、B這兩件事，還有做其他的事。經常與上一冊學習的「～たいです」、「～ないで　ください」等接在一起使用。

　　併用時，依照「します」的部分做活用（變化）即可。

例句

・日曜日は、　いつも　部屋の　掃除を　したり、　買い物を　したり　します。
　（我星期天總是掃掃房間，買買東西。）

・昨日、　友達に　手紙を　書いたり、　漫画を　読んだり　しました。
　（昨天寫了信給朋友，也讀了漫畫。）

・廊下を　走ったり、　大声で　話したり　しないで　ください。
　（請不要在走道上奔跑，也不要大聲講話。）

・A：コロナが　終わった　後、　何を　したいですか。
　　（武漢肺炎疫情過後，你想要做什麼呢？）
　B：旅行に　行ったり、　友達と　居酒屋で　飲んだり　したいです。
　　（我想去旅旅行，和朋友去居酒屋喝喝酒。）

1. 毎晩、 音楽を 聞いた り、 テレビを 見た り します。
   YouTubeを 見た Twitterで 呟いた

2. 株を 買った り、 売った り して います。
   寝た 起きた
   行った 来た

1. 例：寝る 前に、 しないで ください。

   （スマホを 見ます・パソコンを 使います）

   → 寝る 前に スマホを 見たり、
   パソコンを 使ったり しないで ください。

   ① 大学に 入った 後で、 しても いいです。

   （アルバイトします・女の子と デートします）

   ② 死ぬまでに、 したいです。
   （世界旅行を します・美味しい 物を 食べます）

   ③ 出張の 前に、 しなければ なりません。
   （ホテルを 予約します・出張先の 都合を 確認します）

   ④ 結婚する 前に、 しなくても いいです。
   （彼氏の 部屋を 掃除します・洗濯物を 洗濯します・）

～た　ことが　あります

　　此句型用於表達「經驗」的有無。曾經有過的經驗就使用肯定形「～た　ことが　あります」，若不曾做過／沒有這樣的經驗，就使用否定形「～た　ことが　ありません」。

例 句

・富士山に　登った　ことが　あります。（我曾經爬過富士山。）

・私は　コロナに　かかった　ことが　ありません。（我不曾感染過武漢肺炎。）

・A：ハワイへ　行った　ことが　ありますか。（你曾經去過夏威夷嗎？）
　B：はい、　３年前に　一度　行った　ことが　あります。
　　（有的，三年前曾經去過一次。）

・A：雪を　見た　ことが　ありますか。（你有看過雪嗎？）
　B：いいえ、　雪は　一度も　見た　ことが　ありません。（不，雪我不曾看過。）

1. 私_{わたし}は ┌─────────────────────┐
   │ クルーズ船_{せん}に 乗_のった │
   │ アメリカへ 留学_{りゅうがく}した │
   │ 首相_{しゅしょう}に 会_あった │
   └─────────────────────┘ ことが あります。

2. 私_{わたし}は ┌─────────────────────┐
   │ コーヒーを 飲_のんだ │
   │ 風邪_{かぜ}を 引_ひいた │
   │ SNS_{エスエヌエス}を 使_{つか}った │
   └─────────────────────┘ ことが ありません。

1. 例_{れい}：外国語_{がいこくご}を 習_{なら}います （はい）
   → A：外国語_{がいこくご}を 習_{なら}った ことが ありますか。

   B：はい、 あります。

   例_{れい}：大統領_{だいとうりょう}に 会_あいます （いいえ）
   → A：大統領_{だいとうりょう}に 会_あった ことが ありますか。

   B：いいえ、 ありません。

   ① ネットの 人工知能_{じんこうちのう}を 使_{つか}います （はい）
   ② 友達_{ともだち}と 喧嘩_{けんか}します （いいえ）
   ③ 病気_{びょうき}で 学校_{がっこう}を 休_{やす}みます （はい）
   ④ 怪我_{けが}で 入院_{にゅういん}します （いいえ）

2. 例_{れい}：アメリカへ 行_いきます （一度_{いちど}も ありません）
   → アメリカは 一度_{いちど}も 行_いった ことが ありません。

   ① ドリアンを 食_たべます （一度_{いちど} あります）
   ② 仕事_{しごと}に 遅刻_{ちこく}します （一度_{いちど}も ありません）

リサ：林さん、　着物を　着た　ことが　ありますか。

林　：ええ。　小さい　頃、　着た　ことが　ありますが、

　　　大人に　なってからは　一度も　着た　ことが

　　　ありません。

リサ：浅草には　着物を　レンタルできる　店が　ありますよ。

　　　そこでは、　着物を　着て　写真を　撮る　ことが

　　　できますから、　これから　一緒に　行って　着物を

　　　着て　みませんか。

林　：行きたいですが、　今日は　市役所へ　行ったり、

　　　入管に　資料を　出したり　しなければ

　　　なりませんから、　明日は　どうですか。

リサ：はい。　では、　明日の　授業が　終わった　後で

　　　行きましょう。

麗莎：小林，你有穿過和服嗎？

林　：有。小時候我有穿過，但長大之後就沒穿過了。

麗莎：淺草有可以租借和服的店。在那裡，可以穿和服照相，

　　　等一下要不要一起去穿穿看和服呢？

林　：我想去，但是我今天要去區公所，還得要去入國管理局提資料，

　　　明天如何呢？

麗莎：好啊。那麼，明天下課後去吧。

填空題 ......

例：笑います：　　　（　　笑って　　）　→（　　笑った　　）

1. 売ります：　　　　（　　　　　　）　（ ，　　　　　）

2. 穿きます：　　　　（　　　　　　）　（　　　　　　）

3. 止みます：　　　　（　　　　　　）　（　　　　　　）

4. 調べます：　　　　（　　　　　　）　（　　　　　　）

5. 入れます：　　　　（　　　　　　）　（　　　　　　）

6. 着ます：　　　　　（　　　　　　）　（　　　　　　）

7. 喧嘩します：　　　（　　　　　　）　（　　　　　　）

8. 大人に　なります：（　　　　　　）　（　　　　　　）

選擇題 ......

1. 仕事が　（　）、　飲みに　行きましょう。
   1　終わる　前に　　　　　　　　　2　終わる　後で
   3　終わった　前に　　　　　　　　4　終わった　後で

2. 毎晩、　テレビを　見たり、　音楽を　（　）。
   1　聞きます　　　　　　　　　　　2　聞いたり　します
   3　聞きました　　　　　　　　　　4　聞いたり　しました

3. 私は　風邪を　（　）　ことが　一度も　ありません。

　　1　引く　　　　　2　引かない　　　3　引いて　　　　4　引いた

4. この　薬は、　ご飯を　食べる　（　）　飲みます。

　　1　前に　　　　　2　後で　　　　　3　前で　　　　　4　後に

5. （　）たり　（　）たり　しないで　ください。

　　1　いっ／き　　　2　いき／きっ　　3　いき／き　　　4　いっ／きっ

6. 車の　事故（　）　入院した　ことが　あります。

　　1　に　　　　　　2　は　　　　　　3　で　　　　　　4　が

翻譯題

1. 話が　ありますから、　食事の　後で　電話を　ください。

2. 私は　外国で　外国人に　中国語を　教えた　ことが　あります。

3. 隣の　人と　話したり、　スマホを　見たり　しないで　ください。

4. 昨天我在家裡讀讀書，聽聽音樂。

5. 你有學過英文嗎？

6. 跑步之後，淋浴。

22

これは　私が　作った　ケーキです。

挙げます (動)	舉手	雪 (名/2)	雪
尋ねます (動)	詢問	ゲーム (名/1)	遊戲
張ります (動)	搭（帳篷）	お菓子 (名/2)	點心、零食
探します (動)	尋找	靴下 (名/2)	襪子
腐ります (動)	（食物）腐爛臭掉	同級生 (名/3)	同班同學
出会います (動)	邂逅	学生証 (名/0)	學生證
提出します (動)	提交	ガイド (名/1)	嚮導
案内します (動)	引導、指引	セールスマン (名/4)	售貨員
時間 (名/0)	時間	勝手に (副/0)	擅自做…
予定 (名/0)	預定	遠く (名/3)	遠處
約束 (名/0)	約定、約	向こう (名/2)	對面、那邊
習慣 (名/0)	習慣		
言葉 (名/3)	字彙、語言	キャンプ場 (名/0)	露營場地
番組 (名/0)	節目	テント (名/1)	帳篷
偶然 (副/0)	偶然		

56

ようこそ （副/1）	表示歡迎
つまらない （イ/3）	無聊
危険（き けん） （ナ/0）	危險
駄目（だ め） （ナ/2）	不可以、不行

※真實地名：

パリ （名/1）	巴黎
エッフェル塔（とう） （名/0）	艾菲爾鐵塔

形容詞子句（基礎）

　　第5課「句型1」，學習了形容詞修飾名詞的用法。例如：「新しい　服」，就是使用形容詞「新しい」來修飾名詞「服」。

　　而本課，則是要學習如何使用一個句子來修飾名詞。例如：「林さんが　買った　服」，就是使用「林さんが　買った」這個句子來修飾名詞「服」。也因為這個句子的功能以及擺放的位置就等同於一個形容詞，因此得名「形容詞子句」。

　　形容詞子句的動作主體必須使用「～が」，且述語（動詞）必須使用「名詞修飾形」。

・これは　本です。（先生は　本を　書きました。）

→これは　（先生が　書いた）本です。（這是老師寫的書。）

・これは　本です。（今晩、　この　本を　読みます。）

→これは　（今晩　読む）本です。（這是今晚要讀的書。）

・あの　人は　山田先生です。（本を　読んで　います。）

→あの　（本を　読んで　いる）人は　山田先生です。

（那個正在讀書的人是山田老師。）

・あの　人は　ルイさんです。（何も　しません。）

→あの　（何も　しない）人は　ルイさんです。

（那個什麼都不做的人是路易先生。）

58

1. 書きます　　　　→　　書く　　　　　　　（動詞原形）
　 書きません　　　　　　書かない　　　　　（動詞ない形）
　 書きました　　　　　　書いた　　　　　　（動詞た形）
　 書きませんでした　　　書かなかった　　　（「ない」改為過去）
　 書いて　います　　　　書いて　いる　　　（「います」改動詞原形）

1. 例：これは　かばんです。（イタリアで　買いました。）

　　　→　これは　イタリアで　買った　かばんです。

　　① これは　ケーキです。（私が　作りました。）
　　② これは　タブレットです。（陳さんに　借りました。）
　　③ これは　お菓子です。（子供が　食べます。）
　　④ これは　辞書です。（外国人が　使います。）

2. 例：パンは　美味しいです。（あの　店で　売って　います。）

　　　→　あの　店で　売って　いる　パンは　美味しいです。

　　① 番組は　つまらないです。（子供が　見ます。）
　　② 部屋は　広いです。（王さんが　住んで　います。）
　　③ 場所は　寒かったです。（先週　彼女と　行きました。）
　　④ 映画は　面白かったです。（昨日　見ました。）

形容詞子句（進階）

　　「句型 1」學習了何謂「形容詞子句」，並使用「名詞修飾形」來修飾「名詞」。結構上，「形容詞子句」屬於「從屬子句」（也就是「句型 1」例句中括弧的部分），而括弧之外的部分，則屬於「主要子句」。

　　「句型 1」使用的主要子句都為「～は　～名詞／形容詞です」。「句型 2」則是導入更多元的主要子句。

例句

・明日、　妹と　東京へ　行きます。（妹は　大阪に　住んで　います。）
→明日、　（大阪に　住んで　いる）妹と　東京へ　行きます。

　　（明天和住在大阪的妹妹去東京。）

・明日、　妹と　車で　東京へ　行きます。（先週　車を　買いました。）
→明日、　妹と　（先週　買った）車で　東京へ　行きます。

　　（明天和妹妹開上星期買的車子去東京。）

・ルイさんは　かばんを　買いました。（女の　人が　かばんを　使います。）
→ルイさんは　（女の　人が　使う）かばんを　買いました。

　　（路易先生買了女用包包。）

・昨日、　時間が　ありませんでした。（勉強します。）
→昨日、　（勉強する）時間が　ありませんでした。（昨天沒有讀書的時間。）

1. 明日、　図書館に　行く
   明日、　図書館に　行かない
   昨日、　図書館に　行った
   昨日、　図書館に　行かなかった　人、　手を　挙げて　ください。
   明日、　図書館に　行きたい

1. 例：教室には　学生が　います。（寝て　います）
   →　教室には　寝て　いる　学生が　います。
   ① 人は　前に　来て　ください。（宿題を　しませんでした）
   ② 私は　弟に　手紙を　書きました。（アメリカに　留学して　います）
   ③ マンションを　買いました。（駅前に　あります）
   ④ 私は　男性が　好きです。（仕事が　できます）
   ⑤ 物は　捨てて　きて　ください。（要りません）
   ⑥ 魚は　私が　食べます。（腐りました）

2. 例：明日、　予定が　あります（病院に　行きます）
   →　明日、　病院に　行く　予定が　あります。
   ① 時間が　ありません（彼女に　会います）
   ② 約束を　しました（友達と　遊ぶ）
   ③ 昨日　予定でした。（市役所に　行く）

形容詞子句（應用）

「句型 3」除了學習使用「穿戴動詞」來形容人的形容詞子句外，亦學習如何將之前所學過的句型，應用於形容詞子句上。

例 句

・明日、 大阪に 住んで いる 妹と、 先週 買った 車で 東京へ

行きます。 （明天要和住在大阪的妹妹開上星期買的車子去東京。）

・さっき コーヒーを 飲んだ 店の 名前は スターバックスです。
（剛才喝了咖啡的店，店名叫做星巴克。）

・会社へ 行く 前に、 コーヒーを 飲む 習慣は ありません。
（我沒有去公司前喝咖啡的習慣。）

・ご飯を 食べた 後で、 歯を 磨く ことが 大事です。
（吃飯後刷牙很重要。）

・明日、 市役所へ 行ってから 買い物に 行く 予定です。
（明天預計先去市公所，再去買東西。）

・旅行に 行ったり、 友達と 居酒屋で 飲んだり したい 人、 手を
挙げて ください。 （想去旅旅行、和朋友在居酒屋喝喝酒的人，請舉手。）

1. 陳さんは　　　　　あそこに　立って　いる　　　　　人です。
　　　　　　　　　　ソファで　寝ている
　　　　　　あの　スーツを　着て　いる
　　　　　　あの　リュックを　背負って　いる

2. 英語が　できる／わかる　　　　　人、　手を　挙げて　ください。
東京に　住んで　いる
これを　食べて　みたい
韓国へ　行った　ことが　ある
雪を　見た　ことが　ない

1. 例：赤い　帽子を　被って　います
　　› あの　赤い　帽子を　被って　いる　人は　誰ですか。
　　① 花柄の　シャツを　着て　います
　　② 青い　ネクタイを　して　います
　　③ 丸い　眼鏡を　掛けて　います

2. 例：男性と　結婚しないで　ください。（お金が　ありません）
　　→ お金が　ない　男性と　結婚しないで　ください。
　　① 写真を　インスタに　載せないで　ください。（部屋で　撮りました）
　　② 本は　返さなければ　なりません。（図書館で　借りました）
　　③ 資料を　用意して　ください。（入管に　提出します）

～時、～

「A時、B」（做…的時候）用於表達 A、B 前後兩件事情幾乎是同步實行。由於「時」為名詞，因此前方接續「名詞修飾形」。

　　若動詞 A 為「行きます、来ます、帰ります」等移動動詞時，則 A 先於 B 時，使用「動詞た形＋時」；B 先於 A 時，使用「動詞原形＋時」。

例 句

・寒い 時、 暖かい お茶を 飲みます。（冷的時候，我會喝溫茶。）

・暇な 時、 漫画を 読みます。（空閒時間，我會看漫畫。）

・学生の 時、 今の 妻と 出会いました。（學生時代邂逅了現在的老婆。）

・本を 読む 時、 眼鏡を 掛けます。（我讀書時要戴眼鏡。）

・私が 部屋に いない 時、 勝手に 入らないで ください。
　（我不在房間的時候，請勿擅自進入。）

・家へ 帰る 時、 コンビニで お弁当を 買います。
　（回家時，在超商買便當。＜先買便當、後回家＞）

・家へ 帰った 時、 手を 洗いました。（回家時，洗手。＜先回家、後洗手＞）

1. 家に　いる　　　　　　　時、　セールスマンが　尋ねて　きました。
　　お金が　ない　　　　　　　　　親に　借ります。
　　答えが　わからない　　　　　　先生に　聞きます。
　　町を　歩いて　いる　　　　　　偶然　高校の　同級生に　会いました。

2. 体調が　悪い　　　　時、　会社を　休みます。
　　不機嫌な
　　子供が　病気の

3. 出掛ける　　　　　　時、　財布を　忘れないで　ください。
　　本を　借りる　　　　　　学生証を　受付の　人に　見せました。
　　散歩する　　　　　　　　犬も　連れて　行きます。

4. 韓国へ　　行く　　時、　台湾の　空港で　新しい　財布を　買います。
　　　　　　行った　　　　　明洞で　美味しい　ものを　たくさん　食べます。
　　会社へ　来る　　　　　　駅で　社長に　会いました。
　　　　　　来た　　　　　　1階の　受付で　山田さんに　会いました。

1. 例：去年、　パリへ　行きました・エッフェル塔を　見ました。
　　→　去年、　パリへ　行った　時、　エッフェル塔を　見ました。
　　① 去年、　パリへ　行きます・パスポートを　作りました。

（在露營會場導遊說明事項）

皆さん、初めまして。私は ガイドの 杉村です。奥多摩キャンプ場へ ようこそ。まず、テントを 張る 場所を 決めます。みんなで 探して ください。川の 側は 危険ですから、駄目です。

それから、料理を 作る ことが できる 人、手を 挙げて ください。はい、山田さんと 林さんと ルイさんの 3人ですね。この 説明が 終わった 後、料理を 始めますから、料理を 作る 人は 遠くへ 行かないで くださいね。

（學生詢問導遊事項）

陳 ：ガイドさん、今日、あの 山に 登りますか。
杉村：今日は もう 遅いですから、行く 時間が ありませんが、明日、向こうへ 行った 時、登りましょう。

林 ：すみませんが、トイレは どこですか。
杉村：トイレは キャンプ場の 入り口の 所に あります。ちょっと 遠いですから、トイレへ 行きたい 人は あの 木の 下で 待って いて ください。私が 案内します。

　　各位好，初次見面。我是導遊杉村。歡迎來到奧多摩露營場。首先，要先決定搭帳篷的地方。請大家一起找。河流旁邊很危險，不可以。

　　然後，會做料理的人，請舉手。好，山田小姐、林小姐以及路易先生三人對吧。這個說明結束後，就開始做料理，做料理的人請不要跑去太遠的地方喔。

陳　　：導遊先生，今天沒有要去爬那座山呢？

杉村：今天已經很晚了，沒時間去，明天去到那邊的時候再爬吧。

林　　：不好意思，請問廁所在哪裡呢？

杉村：廁所在露營場的入口處。有點遠，想要去廁所的人請到那棵樹下等待。

　　　　我來帶領你們去。

填空題 ·

例：眼鏡を　掛けて　います　　　→　　眼鏡を　掛けて　いる　人

1. お酒を　飲みました　　　　　　　→

2. お金を　持って　います　　　　　→

3. 彼女と　結婚しました　　　　　　→

4. コーヒーを　買って　きます　　　→

5. お金が　ありません　　　　　　　→

6. 時間が　ありませんでした　　　　→

7. 旅行に　行きませんでした　　　　→

8. この　ゲームを　やって　みます→

選擇題 ·

1. これは　母（　）　作った　料理です。

　　1　は　　　　　　2　が　　　　　　3　を　　　　　　4　×

2. あの　赤い　服（　）　着て　いる　人は　王さんです。

　　1　は　　　　　　2　が　　　　　　3　で　　　　　　4　を

3. 昨日、　パーティーで　（　）　人は　ワタナベ商事の　社長です。

　　1　会った　　　　2　会う　　　　　3　会って　　　　4　会います

4. 去年、　旅行に　（　）　予定でしたが、　行きませんでした。
　　1　行った　　　　　2　行く　　　　　　3　行って　　　　　4　行きます

5. 家へ　（　）　時、　靴下を　脱ぎました。
　　1　帰る　　　　　　2　帰らない　　　　3　帰った　　　　　4　帰って

6. テレビを　（　）　時、　眼鏡を　掛けます。
　　1　見る　　　　　　2　見ない　　　　　3　見た　　　　　　4　見て

翻譯題

1. 要らない　物は　もらっても　いいですか。

2. 若い　時、　たくさんの　女性と　デート　しました。

3. 林さんが　作った　ケーキは、　みんなが　来てから　食べましょう。

4. 已經結婚（目前為婚姻狀態）的人，請舉手。

5. 單字的意思不懂時，會用字典查詢。

6. 去年去巴黎的時候，買了 LV 包包（包包在巴黎買的）。

Memo

23

映画を　見るのが　好きです。

1 ～のは

2 ～のが

3 ～のを

4 ～のに

た 経ちます（動）	（時間）經過 流逝	ひこうかい 非公開に　します （動）	鎖貼文
つきます（動）	說（謊）	キャンセルします （動))	取消
はこ 運びます（動）	搬運		
かせ 稼ぎます（動）	賺（錢）	はや 速い（イ /2）	速度快
あやつ 操ります（動）	操弄、操控	おそ 遅い（イ /0）	速度慢
う 生みます（動）	生產	さいてい 最低（副 /0）	最少需要 ...
そだ 育てます（動）	養育（小孩）	あさはや 朝早く（副）	一大早做 ...
つづ 続けます（動）	持續	やっと（副 /0）	總算、終於
た 建てます（動）	蓋（房子）	らく 楽して（副 /2）	輕鬆地做 ...
ひら 開きます（動）	開（店）	に もつ 荷物（名 /1）	行李、貨物
かかります（動）	花費（時間、 金錢）	じ ぎょう 事業（名 /1）	事業
とうこう 投稿します（動）	發文	ほうほう 方法（名 /0）	方法
じゃ ま 邪魔します（動）	打擾、妨礙	しゅう り 修理（サ /1）	修理
けんがく 見学します（動）	見習、考察	き かい 機械（名 /2）	機械、機器
つ あ 付き合います（動）	交往、陪伴	もくぞう 木造（名 /0）	木造

片手（かたて）(名/0)	單手	タワーマンション (名/4)	超高層塔樓
笑顔（えがお）(名/1)	笑容、笑臉	他人（たにん）(名/0)	外人、別人
文章（ぶんしょう）(名/1)	文章	知らない人（ひと）／男（おとこ）(名)	陌生人
単語（たんご）(名/0)	單字		
言語（げんご）(名/1)	語言		
必要（ひつよう）(名/0)	必須、需要		
〜坪（つぼ）(助數)	坪		
心（こころ）(名/2 或 3)	心、內心		
嘘（うそ）(名/1)	說謊、謊言		
商店街（しょうてんがい）(名/3)	商店街		
お風呂（ふろ）(名/2)	浴室		
新居（しんきょ）(名/1)	新家、新房子		
引っ越し（ひっこし）(名/0)	搬家		
世界一周（せかいいっしゅう）(名)	環遊世界		

～のは

第4課「句型1」曾經學習了數個表達「感想」、「評價」語意的形容詞，並以「～は　形容詞です」的形式表達。本句型則是學習，當感想或受評價的對象為動詞時，則必須使用「～のは　形容詞」。「～のは」前方使用「動詞原形」。

本句型僅學習使用「難<ruby>難<rt>むずか</rt></ruby>しい、<ruby>面白<rt>おもしろ</rt></ruby>い、<ruby>楽<rt>たの</rt></ruby>しい、<ruby>危<rt>あぶ</rt></ruby>ない、<ruby>気持<rt>きも</rt></ruby>ちが　いい、<ruby>体<rt>からだ</rt></ruby>に　いい／<ruby>悪<rt>わる</rt></ruby>い、<ruby>簡単<rt>かんたん</rt></ruby>、<ruby>危険<rt>きけん</rt></ruby>、<ruby>大変<rt>たいへん</rt></ruby>、<ruby>無理<rt>むり</rt></ruby>」等10個形容詞。

例句

・<ruby>映画<rt>えいが</rt></ruby>　　　　　　は　<ruby>楽<rt>たの</rt></ruby>しいです。（電影很快樂。）
　<ruby>映画<rt>えいが</rt></ruby>を　<ruby>見<rt>み</rt></ruby>るのは　<ruby>楽<rt>たの</rt></ruby>しいです。（看電影很快樂。）

・<ruby>新<rt>あたら</rt></ruby>しい　<ruby>言語<rt>げんご</rt></ruby>を　<ruby>習<rt>なら</rt></ruby>うのは　<ruby>面白<rt>おもしろ</rt></ruby>いです。（學新的語言很有趣。）

・お<ruby>金持<rt>かねも</rt></ruby>ちに　なるのは　<ruby>難<rt>むずか</rt></ruby>しいです。（要變有錢人很困難。）

・<ruby>口<rt>くち</rt></ruby>で　<ruby>言<rt>い</rt></ruby>うのは　<ruby>簡単<rt>かんたん</rt></ruby>ですが、　やるのは　<ruby>大変<rt>たいへん</rt></ruby>です。
　（用嘴巴講很簡單，做起來不容易。）

・<ruby>歩<rt>ある</rt></ruby>きながら　スマホを　<ruby>見<rt>み</rt></ruby>るのは　<ruby>危険<rt>きけん</rt></ruby>です。（邊走邊看智慧型手機很危險。）

・<ruby>朝早<rt>あさはや</rt></ruby>く　<ruby>起<rt>お</rt></ruby>きるのは　<ruby>気持<rt>きも</rt></ruby>ちが　いいです。（早起很舒服。）

1. 毎日　運動する　　のは　体に　　いいです。
　笑う
　タバコを　吸う　　　　　　　　悪いです。
　怒る

2. 子供を　3人も　育てる　　のは　無理です。
　これを　片手で　持つ
　楽して　稼ぐ

1. 例：彼女と　います・楽しいです
　　→　彼女と　いるのは　楽しいです。
　① お酒を　飲みます・体に　よくないです
　② 子供が　1人で　外国へ　行きます・危ないです
　③ 外国人に　日本語を　教えます・難しいです
　④ お風呂に　入ります・気持ちが　いいです

2. 例：事業（始めます・続きます）
　　→　事業は　始めるのは　簡単ですが、　続けるのは　難しいです。
　① 大学（入ります・卒業します）
　② 子供（生みます・育てます）
　③ 物（買います・売ります）

75

～のが

　　第6課「句型1」曾經學習了表達喜歡或討厭的對象時、對某事物擅長或不擅長時，使用「～は　～が　形容詞」的形式表達。本句型則是學習，當上述對象為動詞時，則必須使用「～は　～のが　形容詞」。「～のが」前方使用「動詞原形」。

　　本句型僅學習使用「好き、嫌い、上手、下手、速い、遅い、得意、苦手」等8個形容詞。

例句

・私は　あなた　が　好きです。（我喜歡你。）

　私は　映画を　見るの　が　好きです。（我喜歡看電影。）

・私は　人を　待つのが　嫌いです。（我討厭等人。）

・彼は　人と　付き合うのが　上手です。（他擅於與人交往。）

・私は　人に　何かを　教えるのが　下手です。（我不擅於教別人事情。）

・翔太くんは　もう　大学生ですか。　時間が　経つのが　速いですね。

　（翔太已經是大學生了啊。時間過得好快啊。）

・彼は　病気ですから、　歩くのが　遅いです。（因為他生病了，所以走路很慢。）

1. 私は 　1人で　散歩する　　　　　　　　のが　好きです。
　　　　　飛行機に　乗る
　　　　　知らない　人と　おしゃべりする

2. 彼は 　人と　話す　　　のが　苦手です。
　　　　　文章を　書く
　　　　　単語を　覚える

3. 私は 　絵を　描く　　　のが　得意です。
　　　　　顔を　覚える
　　　　　人の　心を　読む

1. 例：私は　嫌いです（部屋を　片付けます）
　　　→　私は　部屋を　片付ける　のが　嫌いです。
　① 王さんは　速いです（走ります）
　② 林さんは　遅いです（食べます）
　③ 息子は　得意です（友達を　作る）
　④ 私は　苦手です（他人に　笑顔を　見せます）
　⑤ 彼女は　上手です（人を　操ります）
　⑥ 彼氏は　下手です（嘘を　つきます）

～のを

第 10 課「句型 1」曾經學習了他動詞動作作用所及的對象使用「～を」表達。本句型則是學習，當上述對象為動詞時，則必須使用「のを 動詞」。「～のを」前方使用「動詞原形」、「ない形」或「た形」。

本句型僅學習使用「忘<ruby>忘<rt>わす</rt></ruby>れます、知<ruby>知<rt>し</rt></ruby>ります」等表「認知」語義的動詞，「見<ruby>見<rt>み</rt></ruby>ます、聞<ruby>聞<rt>き</rt></ruby>きます」等表「知覺」的動詞，「手伝<ruby>手伝<rt>てつだ</rt></ruby>います、待<ruby>待<rt>ま</rt></ruby>ちます、邪魔<ruby>邪魔<rt>じゃま</rt></ruby>します」等表「配合或阻止前述事態進行」的 7 個動詞。

例句

・私<ruby>私<rt>わたし</rt></ruby>は 財布<ruby>財布<rt>さいふ</rt></ruby> を 忘<ruby>忘<rt>わす</rt></ruby>れました。（我忘了＜帶＞錢包。）

私<ruby>私<rt>わたし</rt></ruby>は 薬<ruby>薬<rt>くすり</rt></ruby>を 飲<ruby>飲<rt>の</rt></ruby>むの を 忘<ruby>忘<rt>わす</rt></ruby>れました。（我忘了吃藥。）

・A：（あなたは） 小林<ruby>小林<rt>こばやし</rt></ruby>さんが 結婚<ruby>結婚<rt>けっこん</rt></ruby>したのを 知<ruby>知<rt>し</rt></ruby>って いますか。

（你知道小林小姐結婚了嗎？）

B：いいえ、 知<ruby>知<rt>し</rt></ruby>りませんでした。（不，我不知道＜但現在知道了＞）

・私<ruby>私<rt>わたし</rt></ruby>は、 知<ruby>知<rt>し</rt></ruby>らない 男<ruby>男<rt>おとこ</rt></ruby>が 山田<ruby>山田<rt>やまだ</rt></ruby>さんの 部屋<ruby>部屋<rt>へや</rt></ruby>に 入<ruby>入<rt>はい</rt></ruby>ったのを 見<ruby>見<rt>み</rt></ruby>ました。

（我看到一個陌生男子進去山田小姐的房間。）

・荷物<ruby>荷物<rt>にもつ</rt></ruby>を 運<ruby>運<rt>はこ</rt></ruby>ぶのを 手伝<ruby>手伝<rt>てつだ</rt></ruby>って ください。（請幫忙我搬行李。）

・友達<ruby>友達<rt>ともだち</rt></ruby>が 来<ruby>来<rt>く</rt></ruby>るのを 待<ruby>待<rt>ま</rt></ruby>って います。（我正在等朋友來。）

1. 勉強する のを 邪魔しないで ください。
   寝る
   ゲームを して いる

2. 鈴木さんが、 来月 結婚する のを 知って いますか。
   今日 ここに 来ない
   もう 海外へ 行った
   心臓の 薬を 飲んで いる

1. 例：さっき 陳さんは 教室を 出て いきました・わたしは 見ました
   → 私は さっき、 陳さんが 教室を 出て いったのを 見ました。
   ① 部屋の 電気を 消します・私は 忘れました
   ② 彼女は 部屋で 泣いて います・私は 聞きました
   ③ おばあちゃんは 階段を 降ります・私は 手伝いました
   ④ おじいちゃんが 来ます・待って ください

2. 例：商店街へ 行きました・財布を 持って いきませんでした
   → 商店街へ 行きましたが、 財布を 持って いくのを 忘れました。
   ① お弁当を 買いました・お箸を もらいませんでした
   ② レストランの 予約を キャンセルしました・彼女に 言いませんでした
   ③ 写真を インスタに 投稿しました・非公開に しませんでした

～のに

　　本句型學習「為達目的所需的耗費（時間、金錢）…等」。對於花費的事情，使用「～のに」。後方使用動詞「かかります、要ります」或是名詞「必要です」等花費時間、金錢類字眼。

　　需要耗費的量（時間、金錢），會加上助詞「は」，來表示說話者認為「至少」的口氣。

例句

・スマホを　修理_{しゅうり}するのに　5万円_{まんえん}は　かかります。

　　（要修理智慧型手機，少說也要花五萬日圓。）

・運転免許_{うんてんめんきょ}を　取_とるのに　3ヶ月_{かげつ}は　必要_{ひつよう}です。

　　（想要考取駕照，至少也要三個月。）

・東京_{とうきょう}で、　3LDK_{エルディーケー}の　マンションを　買_かうのに　1億円_{おくえん}は　要_いります。

　　（要在東京買一間三房的華廈大樓，至少也要花1億日圓。）

1. 店を　開くのに、　最低　2人　は　必要です。
　　　　　　　　　　　　　500万円
　　　　　　　　　　　　　5坪

2. 永住権を　取るのに、　10年間　かかりました。
　　　　　　　　　　　　　1,000万円以上

1. 例：日本で　生活します・要ります（月30万円）
　　→　A：日本で　生活するのに　いくら　要りますか。
　　　　B：月30万円は　要ります。
　①木造の　家を　建てます・必要です（坪100万円）
　②アメリカに　留学します・かかります（年に　5万ドル）
　③ここの　漫画を　全部　買います・要ります（50万円）

2. 例：車を　1台　作ります・何時間　かかりますか（だいたい　10時間）
　　→　A：車を　1台　作るのに　何時間　かかりますか。
　　　　B：だいたい　10時間　かかります。
　①本を　1冊　書きます・どのくらい　かかりますか
　　（1ヶ月から　1年くらい）
　②この　機械を　運びます・何人　必要ですか（男の　人　3人）
　③飛行機で　世界一周を　します・何時間　必要ですか（60時間以上）

（両人討論關於買房的話題）

鈴木：マンションを　見学するのは　楽しいですね。

いつか、　自分の　家を　持ちたいです。

山田：クラスメートの　陳さんがですね、　先月

タワーマンションを　買ったのを　知って　いますか。

鈴木：えっ、　陳さんがですか。　すごいですね。

知りませんでした。　それを　買うのに　いくら

かかりましたか。

山田：さあ、　聞いて　いませんが。

でも、　引っ越しを　するのに　1ヶ月も

かかりましたよ。

昨日、　引っ越しが　やっと　終わって、　みんな

陳さんの　新居で　パーティーを　しましたよ。

そして、　ジャックさんはね、　歌を　歌うのが

上手で、　10曲も　歌いましたよ。

鈴木：いいなあ。　私も　陳さんの　新居へ　行って

みたかったです。

鈴木：參觀華廈大樓好有趣喔。有朝一日，我也想要擁有自己的房子。

山田：班上那個小陳啊，你知道他上個月買了超高層塔式住宅嗎？

鈴木：什麼？小陳啊，好厲害喔。我不知道。他買那個花了多少錢？

山田：我沒聽說。不過搬家就花了一個月喔。

　　　昨天他總算搬完家，大家在小陳的新家舉辦了派對。

　　　然後傑克先生啊，他很會唱歌，他唱了 10 首歌喔。

鈴木：好好喔，我也想去小陳的新家看看。

填空題

1. 1人で 子供を 育てるの（　　　）大変です。

2. あの 先生は 教えるの（　　　）下手です。

3. 薬を 飲むの（　　　）忘れないで ください。

4. 留学ビザを 取るの（　　　）1ヶ月 かかりました。

5. 毎日 お酒を 飲むのは 体（　　　）悪いです。

6. 運動するのは 気持ち（　　　）いいです。

7. この マンションを 買うのに、2億円（　　　）かかりました。

8. YouTube の 動画を 非公開（　　　）しました。

選擇題

1. 働きながら、大学に 通う（　）大変です。

　　1　のを　　　　2　のは　　　　3　のに　　　　4　のと

2. 彼は 子供と 遊ぶ（　）大好きです。

　　1　のが　　　　2　のを　　　　3　のに　　　　4　ので

3. さっき 薬を （　）のを 忘れました。

　　1　飲みます　　2　飲みました　　3　飲んだ　　　　4　飲んで

4. 会社を　始めるのに　50万円　（　）　必要です。

1　を　　　　　　　2　は　　　　　　　3　に　　　　　　　4　か

5. 恋人（　）　来るの（　）　待って　います。

1　は／が　　　　　2　が／は　　　　　3　は／に　　　　　4　が／を

6. 子供を　育てるのに、（　）。
1　大変ですが　楽しいです　　　　　2　時間が　経つのが　速いです
3　邪魔しないで　ください　　　　　4　年に　100万は　必要です

翻譯題

1. YouTube の　動画を　見るのは　楽しいですが、　撮るのは　大変です。

2. 東京で　アパートを　借りるのに　いくらぐらい　かかりますか。

3. 楽して　稼ぐ　方法を　教えて　ください。

4. 我討厭打掃房間。

5. 一個人去旅行很危險。

6. 你知道鈴木先生正在跟山田小姐交往嗎？

Memo

24

昨日、どこ 行った？
きのう   い

1 動詞句的常體形式

2 イ形容詞句的常體形式

3 ナ形容詞句與名詞句的常體形式

4 各種表現文型的常體形式

貼<ruby>は</ruby>ります（動）	貼上、黏貼	ディスク（名/1）	光碟
離<ruby>はな</ruby>れます（動）	離開	シール（名/1）	貼紙
しまいます（動）	收起來	ケース（名/1）	盒子
紹介<ruby>しょうかい</ruby>します（動）	介紹	主人公<ruby>しゅじんこう</ruby>（名/2）	主角
落書<ruby>らくが</ruby>きします（動）	亂畫、塗鴉	YouTuber<ruby>ユーチューバー</ruby>（名/3）	YouTuber 網路影音創作者
僕<ruby>ぼく</ruby>（代/1）	我（男性自稱）	独身<ruby>どくしん</ruby>（名/0）	單身
俺<ruby>おれ</ruby>（代/0）	我（男性自稱）		
君<ruby>きみ</ruby>（代/0）	你（男性稱呼別人）		
あたし（代/0）	「わたし」的口語講法		
飲<ruby>の</ruby>み会<ruby>かい</ruby>（名/0）	聚餐喝酒		
忘年会<ruby>ぼうねんかい</ruby>（名/3）	忘年會、尾牙		
戸建<ruby>こだて</ruby>（名/0）	獨棟住宅		

動詞句的常體形式

　　本教材從「初級1」第1課至上一課，所學習的文體皆為「敬體」的講話方式。本課則是要學習如何將其轉換為「常體」的講話方式。

　　「句型1」學習如何將動詞句從敬體轉為常體。常體會話中，有以下現象：1. 助詞「は、が、へ、を」有時可以省略；2. 疑問句多會省略助詞「か」，並使用問號「？」、提高句尾語調；3. 人稱代名詞、接續詞以及應答詞等，會改用較口語的形式。

例 句

・Ａ：昨日、　どこ（へ）　行った？（你昨天去哪了？）
　Ｂ：新宿（へ）　行った。（去了新宿。）

・Ａ：これ（を）　食べる？（你要吃這個嗎？）
　Ｂ：ううん、　要らない。（不，不要。）

・男：僕の　本（は）　どこに　ある？（我的書在哪裡？）
　女：机の　上よ。（在桌上啊。）

・男：君、　英語（が）　わかる？（你懂英文嗎？）
　女：ううん、　わかんない。（不，不懂。）

・男：俺（は）、　明日　買い物　行くけど、　一緒に　行かない？
　　（我明天要去買東西，你要不要一起去？）
　女：うん、　あたしも　行く。（好，我也要去。）

	敬體（又稱「丁寧形」）	常體（又稱「普通形」）
現在肯定	行きます	行く（動詞原形）
現在否定	行きません	行かない（動詞ない形）
過去肯定	行きました	行った（動詞た形）
過去否定	行きませんでした	行かなかった（動詞ない形改過去）

練習B

1. 例：これから 勉強します。 → これから 勉強する。
   ① 私は もう 帰ります。
   ② 社長は もう 会社を 出ました。
   ③ 昨日、 何も 食べませんでした。
   ④ 妻は 料理が できません。
   ⑤ ちょっと 座りませんか。
   ⑥ 私は お金が ありません。
   ⑦ 頑張りましたが、 失敗しました。
   ⑧ 私の 名前を 知って いますか。

2. 例：コーヒーを 飲みますか。（うん） → A：コーヒー 飲む？
   　　　　　　　　　　　　　　　　　　　　B：うん、 飲む。
   ① お弁当を もう 買いましたか。（うん、もう）
   ② 昼ご飯を 食べましたか。（ううん、まだ）
   ③ 昨日、 誰に 会いましたか。（誰にも）

イ形容詞句的常體形式

　　「句型 2」學習如何將イ形容詞句從敬體轉為常體。イ形容詞句，只要將句尾的「です」刪除後即為常體。此外，「こちら、そちら、あちら、どちら」會改用較口語的「こっち、そっち、あっち、どっち」。

例句

・今日は　暑いね。（今天好熱喔。）

・A：あの　店の　コーヒー（は）　美味しい？（那間店的咖啡好喝嗎？）
　B：うん、　とても　美味しい（よ）。（嗯，很好喝。）

・A：その　かばん（は）　高かった？（那個包包貴嗎？）
　B：ううん、　そんなに　高く　なかった。（不，沒那麼貴。）

・A：赤い傘と　青い傘と　どっちが　軽い？（紅色雨傘與藍色雨傘，哪把比較輕？）
　B：赤い傘の　ほうが　軽い。（紅色雨傘那把比較輕。）

・A：どれが　欲しい？（你想要哪個？）
　B：これが　欲しい／いい。（我想要這個。）

・ハワイへ　遊びに　行きたい。（我想去夏威夷玩。）

・この　部屋は　広いけど、　暗い。（這個房間很寬廣，但是很暗。）

	敬體（又稱「丁寧形」）	常體（又稱「普通形」）
現在肯定	美味しいです	美味しい
現在否定	美味しく　ないです	美味しく　ない
過去肯定	美味しかったです	美味しかった
過去否定	美味しく　なかったです	美味しく　なかった

練習B

1. 例：日本は　物価が　安いです。　→　日本は　物価が　安い。
   ① 今日は　あまり　寒く　ないです。
   ② 昨日の　試験は　とても　難しかったです。
   ③ 去年の　忘年会は　楽しく　なかったです。
   ④ 私は　何も　欲しく　ないです。
   ⑤ お寿司が　食べたいです。

2. 例．バナナと　りんごと　どちらが　美味しいですか。（どちらも）

   →　A：バナナと　りんごと　どっちが　美味しい？

   　　B：どっちも　美味しい（よ）。
   ① 日本で　どこが　一番　人が　多いですか。（東京）
   ② 旅行は　楽しかったですか。（ううん）
   ③ マンションと　戸建と　どちらが　いいですか。（マンション）
   ④ 誰と　ハワイへ　行きたいですか。（恋人）
   ⑤ 誕生日プレゼントに　何が　欲しいですか。（現金）

ナ形容詞句與名詞句的常體形式

　　「句型 3」學習如何將ナ形容詞句與名詞句從敬體轉為常體。ナ形容詞句與名詞句轉換的方式相同。

　　ナ形容詞句與名詞句的常體會話中：1. 現在肯定時多會省略「だ」，多是文章或口氣較強硬時才會講出來；2. 現在疑問時，「だ」一定得省略；3. 疑問句的助詞「か」也多會省略。

例 句

・A：これ（は）　何<s>だ</s>？（這是什麼？）（※註：何／何だ）

　B：それ（は）　タブレット（だ）。（那是平板電腦。）

・A：あの人（は）　誰<s>だ</s>？（那個人是誰？）

　B：ワタナベ商事の　社長（だ）よ。（渡邊商事的社長喔。）

・A：明日、　暇<s>だ</s>？（明天有空嗎？）

　B：うん、　暇（だ）よ。（嗯，有空。）

　　ううん、　暇じゃない。（不，沒空。）

・A：昨日は　日曜日だった？（昨天是星期天嗎？）

　B：ううん、　昨日は　日曜日じゃなかった。（不，昨天不是星期天。）

・A：パリは　どうだった？（巴黎如何呢？）

　B：綺麗な　街だったけど、　私は　あまり　好きじゃなかった。

　　（是個很漂亮的城市，但我不怎麼喜歡。）

	敬體（又稱「丁寧形」）	常體（又稱「普通形」）
現在肯定	静かです	静かだ
現在否定	静かでは　ありません	静かじゃ　ない
過去肯定	静かでした	静かだった
過去否定	静かでは　ありませんでした	静かじゃ　なかった

1. 例：明菜ちゃんは　綺麗です。　→　明菜ちゃんは　綺麗（だ）。

   ① 陳さんは　中国人では　ありません。

   ② 聖子ちゃんは、　昔　とても　有名でした。

   ③ 昨日は　晴れでは　ありませんでした。

   ④ 最近は　どうですか。

   ⑤ エレベーターは　こちらです。

2. 例：山田さんは　学生ですか、　会社員ですか。（学生です）

   →　A：山田さんは　学生？　会社員？

   　　B：山田さんは　学生（だよ）。

   ① おばあちゃんは　元気ですか。（うん）

   ② ルイさんは　男の　人が　好きですか。（うん）

   ③ 昨日の　試験は　簡単でしたか。（ううん）

   ④ お誕生日は　いつですか。（11月8日）

   ⑤ 中村さんと　田村さんと、　どちらが　歌が　上手ですか。（田村さん）

句型四

各種表現文型的常體形式

　　本句型學習第 16 課至第 21 課所學習到的表現文型之常體形式。文體主要展現於句尾，因此即便是固定句型，將其轉為常體時，僅需依照其最後部分之品詞修改即可。唯獨「～て　ください」與「～ないで　ください」較為特殊，省略「ください」部分即可。

　　此外，常體會話：1.「～て　いる」「～て　いく」的「い」可以省略。
2. 較熟的平輩友人之間亦可使用「君」來代替「さん」稱呼，或是直呼姓氏。

例句

・A：雨（が）　降って　（い）る？（現在正在下雨嗎？）

　B：ううん、　降って　（い）ないよ。（沒，沒有在下喔。）

・雨だね。　傘（を）　持って　（い）く？（下雨了耶。你要帶傘去嗎？）

・鈴木：山田（君）、　コーヒー　どう？　買って　くるよ。

　（山田，要不要喝咖啡？我去買。）

　山田：ううん、　大丈夫。　今　飲みたくない。（不，不用。我現在不想喝。）

・ほら、　見て。　鳥が　飛んで　（い）るよ。（你看，小鳥正在飛喔。）

・A：タバコ（を）　吸って　もいい？（我可以抽煙嗎？）

　B：あたし（は）　タバコが　苦手だから、　吸わないで。（我不喜歡香菸，請別吸。）

・中国語は　話す　ことは　できるけど、　書く　ことは　できない。

　（中文我會講，但不會寫。）

96

1.
パスポートを

走らないで　ください	→	走らないで
見せなければ　なりません		見せなければ　ならない
あげなくても　いいです		あげなくても　いい

チップを

2. ちょっと

待って　ください	→	待って
吸っては　いけません		吸っては　いけない
撮っても　いいですか		撮っても　いい？

タバコを
写真を

3. ご飯を
靴を
鳥が

食べて　います	→	食べて　（い）る
履いて　みます		履いて　みる
飛んで　きました		飛んで　きた
買って　いきます		買って　（い）く

コーヒーを

4. 英語を
趣味は

話す　ことが　できます	→	話す　ことが　できる
映画を　見ることです		映画を　見ること　（だ）
行ったり　来たり　します		行ったり　来たり　する
登った　ことが　あります		登った　ことが　ある

富士山に

1. 例：ここに　入っては　いけません。　→　ここに　入っては　いけない。
　① 今日は　会社へ　行かなければ　なりません。
　② 日本酒を　一度も　飲んだ　ことが　ありません。
　③ この　服を　着て　みても　いいですか。

（DVD 正在播放使用須知）

　　ディスクを　触ったり、　遊んだり　しないで　ください。
ディスクに　落書きしたり　シールを　貼ったり　しないで　く
ださい。　それから、　テレビを　見る　時は　テレビから　離
れて　見ましょう。　見た　後は、　ディスクを　ケースに　し
まいましょう。

（兩人討論要看 DVD）

林：この　映画、　見た　こと　ある？　とても　面白いよ。

陳：本当？　これ、　なんの　映画？

林：日本人が、　ヨーロッパへ　留学した　時、　出会った
　　面白い　人の　話。

陳：主人公は　私たちと　同じ　留学生だね。

林：うん。　だから　面白いの。
　　YouTuber が　紹介し　ている　のを　見て、　すぐ
　　借りて　きたの。

陳：あっ、　今日、　洗濯（を）　忘れた。

林：先に　これ（を）　見て、　終わった　後　やってね。

請不要觸摸光碟表面，也不要把坑光碟。也請不要在光碟上塗鴉，貼貼紙等。
然後，看電視時請離開電視遠一點（保持距離）。看完後，把光碟收到盒子裡。

林：這部電影，你有沒有看過？很好看喔。

陳：真的喔，這是什麼電影？

林：日本人去歐洲留學時，遇到有趣的人的故事。

陳：主角跟我們一樣是留學生啊。

林：對啊，所以才有趣啊。我看到 YouTuber 在介紹，就馬上租回來了。

陳：啊，我今天忘了洗衣服。

林：先看，電影結束後你再做喔。

填空題 ．．

例：山田さんは　今　どこに　~~いますか~~。　**いる？**

1. 昨日、　晩ご飯を　食べましたか。

2. (承上題) いいえ、　食べませんでした。

3. テレビを　見ながら、　ご飯を　食べます。

4. 日本語を　1年　勉強しましたが、　漢字が　全然　わかりません。

5. 高いですから、　この店で　買わないで　ください。

6. 食事した　後で、　コーヒーを　飲みませんか。

7. 日曜日は、　いつも　部屋の　掃除を　したり、　買い物を　したり　します。

8. 本を　借りる　時、　学生証を　受付の　人に　見せました。

選擇題 ．．

1. あの　人は　この　会社の　（　　）？
   1　社長だ　　　　　2　社長だか　　　3　社長　　　　　4　社長じゃ

2. A：この　言葉の　意味　わかる？　B：ううん、　（　　）。
   1　わかりない　　2　わかる　　　　3　わかない　　　　4　わかんない

3. 明日　お祭りが　あるから、　一緒に　（　　）？
   1　行かない　　　　　　　　　　　2　行かないだ
   3　行った　　　　　　　　　　　　4　行かなかったか

4. 私の　手を　（　　）。
　1　触りないで　　　2　触らないで　　　3　触りなくて　　　4　触ってないで

5. パーティーへ　行きたい（　　）、　時間が　ない。
　1　ですから　　　2　だから　　　3　けど　　　4　だけと

6. 荷物を　運ぶのを　（　　）。
　1　手伝って　　　2　手伝て　　　3　手伝わなくて　　　4　手伝いないで

問答題 ···

例：小林さんが　結婚したの（を）　知ってる？

（いいえ、　知りません）　→　ううん、　知らない。

1. 入ってもいい？
　（駄目です。　入らないで　ください）　→

2. 趣味は　何？
　（漫画を　読む　ことです。）　→

3. ドリアン　食べた　こと　ある？

　（いいえ、　ありません）　→

4. 明日も　会社へ　行かなければ　ならない？

　（いいえ、　行かなくても　いいです）　→

5. 休みの　日は　いつも　何　してる？
　（音楽を　聞いたり、　本を　読んだり　して　います）　→

6. 鈴木さんは　もう　結婚した？

　（いいえ、　まだ　独身ですよ）　→

填空題 ・・・

01. あっ、子供（　　　）犬と　遊んで　います。

02. A：宿題は　もう　しましたか。　B：いいえ、まだ　して　（　　　　　）。

03. 見て、あの　犬は　服を　着て　（　　　　　）よ。

04. 東京駅から　新幹線（　　　）乗って、大阪駅（　　　）降ります。

05. 小林さん、お土産（　　　）ありがとう　ございます。

06. 郵便局は、あの　信号を　曲がって　すぐ（　　　）ところに　あります。

07. お姉さん（　　　）帰って　きてから、もらった　ケーキを
    食べましょう。

08. 死ぬ（　　　　　）行って　みたい　所は　ありますか。

09. 車を　止めて　きますから、ここで　待って　（　　　）て　ください。

10. ルイさんは、さっき　教室を　出て　（　　　）ましたよ。

11. 仕事（　　　）終わった　後（　　　　）、飲みに　行きませんか。

12. 休みの　日は　買い物した（　　　）、本を　読んだ（　　　）します。

13. ドバイへ　行った　こと（　　　　）ありますか。

14. 彼は　遅刻した　ことが　一度（　　　）　ありません。

15. これは　私（　　　）　書いた　本です。

16. これは　イタリア（　　　）　買った　かばんです。

17. 毎日　忙しくて、　勉強する　時間（　　　）　ありません。

18. 私の　写真（　　　）　SNS（　　　）　載せないで　ください。

19. 去年、　東京へ　行（　　　）　時、　パスポートを　作りました。

20. 去年、　東京へ　行（　　　）　時、　浅草で　着物を　着て　みました。

21. 毎日　お酒を　飲むの（　　　）、　体（　　　）　悪いです。

22. 彼女は　料理を　作るの（　　　）　苦手です。

23. 私は　彼女（　　　）　来るの（　　　）　待って　います。

24. 家を　建てるの（　　　）、　2,000万円（　　　）　必要です。

25. SNSの　投稿（　　　）　非公開（　　　）　しました。

選擇題 ‥‥‥‥‥‥‥‥‥‥‥‥‥‥‥‥‥‥‥‥‥‥‥‥‥‥‥

01. 田村さんは　花柄の　シャツを　（　）　います。
　　1　して　　　　　　2　着て　　　　　　3　掛けて　　　　　4　被って

02. 昨日の　晩、　お酒を　（　）　寝ました。
　　1　飲みながら　　2　飲むから　　　3　飲んで　　　　　4　飲まなくて

03. 彼女が　先月　結婚したのを　知って　いますか。　いいえ、　（　）。
　　1　知りません　　　　　　　　　　2　知って　います
　　3　知りませんでした　　　　　　　4　知ってい　ました

04. 仕事が　（　）、　家を　買います。
　　1　決まった　　　2　決まってから　3　決まる　前に　　4　決まったが

05. 髪を　触って　（　）も　いいですか。
　　1　いって　　　　　2　きて　　　　　　3　して　　　　　　4　みて

06. お金を　（　）　きますから、　ここで　待って　いて　ください。
　　1　下ろして　　　2　下りて　　　　3　忘れて　　　　　4　覚えて

07. 病気（　）　入院した　ことが　あります。
　　1　に　　　　　　2　は　　　　　　3　で　　　　　　　4　が

08. 休みの　日は、　いつも　家で　テレビを　（　）　します
　　1　見に　　　　　2　見て　　　　　3　見たり　　　　　4　見るのに

104

09. この　薬は　ご飯を　食べた　（　）　飲みます。
　　1　前に　　　　　2　後で　　　　　3　前で　　　　　4　後に

10. 昨日、　うちの　会社に　（　）　人は　ワタナベ商事の　社長です。
　　1　来た　　　　　2　来る　　　　　3　来て　　　　　4　来ない

11. 昨日、　会議に　（　）　予定でしたが、　風邪で　会社を　休みました。
　　1　出た　　　　　2　出る　　　　　3　出て　　　　　4　出なかった

12. 入国（　）　時、　入国審査官に　パスポートを　見せなければ
　　なりません。
　　1　する　　　　　2　して　　　　　3　した　　　　　4　します

13. 手紙を　（　）　のを　忘れないで　ください。
　　1　出します　　　2　出す　　　　　3　出した　　　　4　出して

14. ご飯を　食べながら、　YouTube の　動画を　見る（　）　好きです。
　　1　のを　　　　　2　のが　　　　　3　のに　　　　　4　のと

15. 日本の　永住権を　取るのに、　10 年（　）　かかります。
　　1　が　　　　　　2　で　　　　　　3　に　　　　　　4　は

請將下列句子轉為常體句

1. あっ、　鳥が　飛んで　きました。

2. どうぞ、　こちらに　入って　きて　ください。

3. 1人で　子供を　育てるのは　大変です。

4. この　パソコンを　買うのに、　50万円も　かかりました。

5. 一緒に　新しい　デパートへ　行って　みませんか。

6. 私は　風邪を　引いた　ことが　一度も　ありません。

7. A：林さんは　どこですか。

   B：買い物に　行って　いますよ。

8. A：もう　宿題を　しましたか。

   B：いいえ、　まだ　して　いません。　これから　します。

Memo

穩紮穩打日本語 初級 4

編　　　　著	目白 JFL 教育研究会	
代　　　　表	TiN	
排 版 設 計	想閱文化有限公司	
總 編 輯	田嶋 恵里花	
發 行 人	陳郁屏	
插　　　　圖	想閱文化有限公司	
出 版 發 行	想閱文化有限公司	
	屏東市 900 復興路 1 號 3 樓	
	電話：(08)732 9090	
	Email：cravingread@gmail.com	
總 經 銷	大和書報圖書股份有限公司	
	新北市 242 新莊區五工五路 2 號	
	電話：(02)8990 2588	
	傳真：(02)2299 7900	
初　　　　版	2023 年 07 月	
定　　　　價	280 元	
I　S　B　N	978-626-96566-8-4	

國家圖書館出版品預行編目 (CIP) 資料

穩紮穩打日本語 . 初級 4/ 目白 JFL 教育研究会編著 . -- 初版 . --
屏東市 : 想閱文化有限公司 , 2023.07
　面 ；　公分 . -- (日本語 ; 4)
ISBN 978-626-96566-8-4(平裝)

1.CST: 日語 2.CST: 讀本

803.18　　　　　　　　　　　　112010662